KB244261

세 나무 이야기

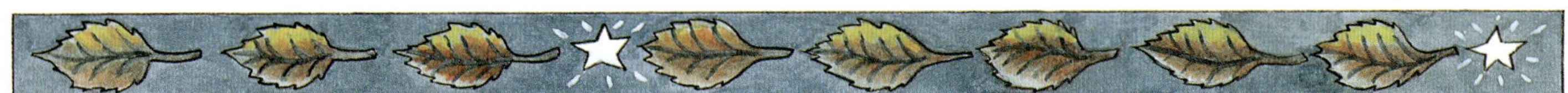

THE THREE TREES

Text copyright ⓒ 2011 Elena Pasquali
Illustrations copyright ⓒ 2011 Sophie Windham
Original edition published in English under the title *The Three Trees* by Lion Hudson plc, Oxford, England
Copyright ⓒ Lion Hudson plc 2011
All rights reserved.

This Korean Edition Copyright ⓒ 2012 by POIEMA, an imprint of Gimm-Young Publishers, Inc., Seoul, Republic of Korea.
This Korean edition is translated and used by arrangement of Lion Hudson plc through rMaeng2, Seoul, Republic of Korea.

세 나무 이야기

엘레나 파스퀄리 글 | 소피 윈드햄 그림 | 고진하 옮김

1판 1쇄 발행 2012. 1. 25. | **1판 12쇄 발행** 2025. 7. 10. | **발행처** 포이에마 | **발행인** 박강휘 | **등록번호** 제300-2006-190호 | **등록일자** 2006. 10. 16. |
서울특별시 종로구 북촌로 63-3 우편번호 03052 | 마케팅부 02)3668-3260, 편집부 02)730-8648, 팩스 02)745-4827

이 한국어판의 저작권은 알맹2 에이전시를 통하여 Lion Hudson plc와 독점 계약한 포이에마에 있습니다. 신 저작권법에 의하여 한국 내에서
보호받는 저작물이므로 무단 전재와 무단 복제를 금합니다.

값은 뒤표지에 있습니다. ISBN 978-89-93474-91-6 03230 | 독자의견 전화 02)730-8648 | 이메일 masterpiece@poiema.co.kr | 좋은
독자가 좋은 책을 만듭니다. | 포이에마는 독자 여러분의 의견에 항상 귀를 기울이고 있습니다.

세 나무 이야기

엘레나 파스퀼리 글 | 소피 윈드햄 그림 | 고진하 옮김

포이에마
POIEMA

엘레나 파스퀼리 글

오랫동안 아동 출판사에서 일했고, 어린이 책을 직접 쓰기도 했어요. 특히 각 나라의 전래동화를 재미있고 독창적으로 꾸몄답니다. 이번 책도 영미권의 아름다운 전래동화이지요. 아이들에게 꿈을 갖게 하는 동화책을 많이 만들면서 어린이의 마음을 깊이 이해한 작가랍니다.

소피 윈드햄 그림

동화책에 들어가는 수많은 그림들을 그렸어요. 어린이를 위한 환상적이고 아름다운 그림으로 케이트 그린어웨이 메달을 수상했답니다. 작가가 그린 그림책으로는 《코끼리가 분명해》, 《해럴드와 꽥꽥이》 등이 있어요.

고진하 옮김

대학교에서 문학을 가르치는 목사님이에요. 아이들을 사랑하는 마음으로 동화와 시를 쓰는 분이기도 하지요. 여행과 그림 그리기를 즐겨 하는 목사님의 책으로는 《신들의 나라 인간의 땅》, 《거룩한 낭비》, 《아주 특별한 1분》 등이 있답니다.

그리고 고마운 이들

이화여대 박은혜 교수님, 높은뜻어린이문학세계관학교 이현미 목사님, 박신애 전도사님, 이화어린이연구원 박은정, 꽃진, 김수진, 신채욱, 정다울, 상현, 쑹, 백장미, 지천사

사랑하는 __________________에게

하나님이 너에게 주신 특별한 꿈이 있어.

이 안에 그 비밀이 숨어 있단다.

옛날 옛적 언덕 위에 나무 세 그루가 있었어요.

봄이 왔어요. 세 나무는 하늘에서 내려온 빗물을 흠뻑 들이켰지요.

여름이 왔어요. 세 나무는 태양을 향해 푸른 잎들을 활짝 펼쳤어요.

가을이 왔어요. 강한 바람이 나뭇가지들을 세게 흔들었지요.

겨울이 왔어요. 나무들은 하얗고 포근한 눈이불을 덮고 잠이 들었답니다.

차가운 겨울밤, 하늘에는 별이 반짝이고
세 나무는 꿈을 꾸었어요.
첫 번째 나무가 이야기했어요.
"내 꿈은 부자 나무가 되는 거야.
세상에서 가장 귀한 보석을 담는 상자가 되고 싶어."

두 번째 나무도 이야기했지요. "내 꿈은 힘센 나무가 되는 거야.
세상에서 가장 위대한 왕이 타는 배가 되고 싶어."
세 번째 나무는 산들바람에 살랑살랑 몸을 흔들며, 가만가만 이야기했답니다.
"내 꿈은 그냥 여기 있는 거야.
하나님이 계신 하늘과 가장 가까이 있고 싶어."

여러 해가 흘렀어요. 세 나무는 무럭무럭 자라났지요.

어느 날, 나무꾼들이 도끼를 들고 언덕으로 올라왔어요.

"나는 이제 부자 나무가 될 거야!"

첫 번째 나무가 쿵, 하고 쓰러지며 말했어요.

"나는 왕에게 인사하러 갈 거야!" 두 번째 나무도 소리쳤지요.

그러나 세 번째 나무는 눈물을 흘리듯 마른 잎들을 후두두둑 떨어뜨렸어요.

"내 꿈은 이제 사라졌어." 나무는 땅 위에 쓰러진 채 울었어요.

첫 번째 나무는 목수 아저씨에게 갔어요.

목수는 나무를 톱질해서 널빤지로 만들고는 이리저리 짜 맞추었지요.

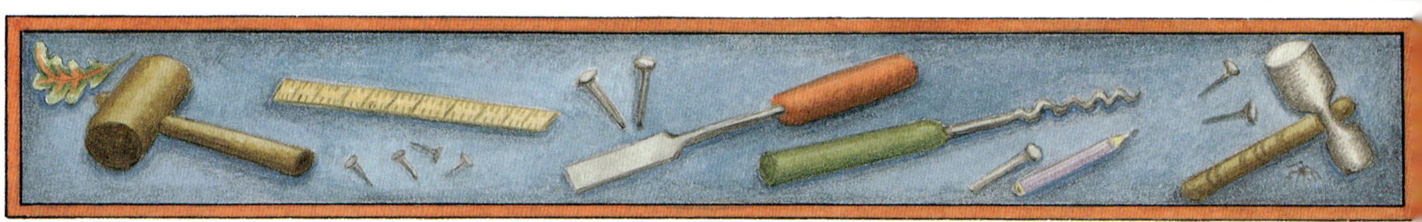

목수가 만든 것은 근사한 상자였어요.

그러나 그것은 보석상자가 아닌 튼튼한 여물통이었지요.

여관 주인이 여물통을 가지고 와 마구간에 던져 넣었어요.
여관을 찾아온 많은 손님들은 지친 동물들을 마구간에 재웠지요.
여물통은 동물들의 밥그릇이 되고 말았답니다.
첫 번째 나무는 한숨을 푹 내쉬었어요.
"이렇게 더럽고 캄캄한 곳에서 살아야 하다니
속상해서 눈물이 날 것 같아."

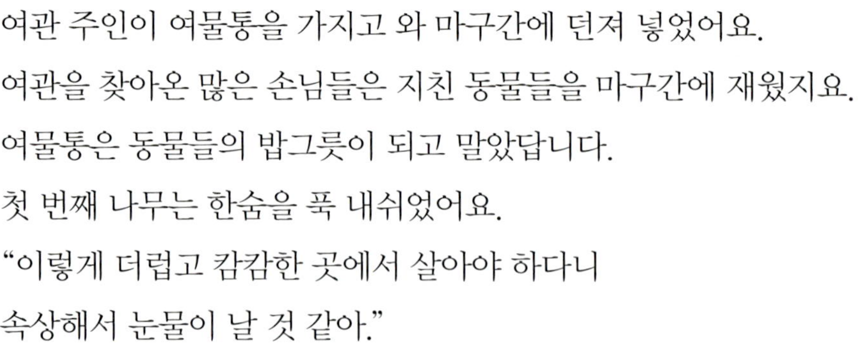

어느 날 밤, 여관 주인은 동물들을 마구간 구석으로 옮겼어요.
갑자기 찾아온 한 남자와 여자의 쉴 자리를 만들기 위해서였어요.
그리고 친절한 손길로 가장 깨끗한 짚을 여물통에 깔아주었답니다.

그러고는 갓난아기를 여물통에 뉘였어요.

첫 번째 나무는 깨달았지요.

지금 이 순간, 세상에서 가장 귀한 보석을 담은 상자가 되었다는 걸 말이에요.

두 번째 나무는 배 짓는 목수에게 갔어요.

배 짓는 목수는 톱으로 쓱싹쓱싹 나무를 켜서 배 모양을 만들었어요.
그리고 매끄럽게 다듬고 틈을 메웠지요.

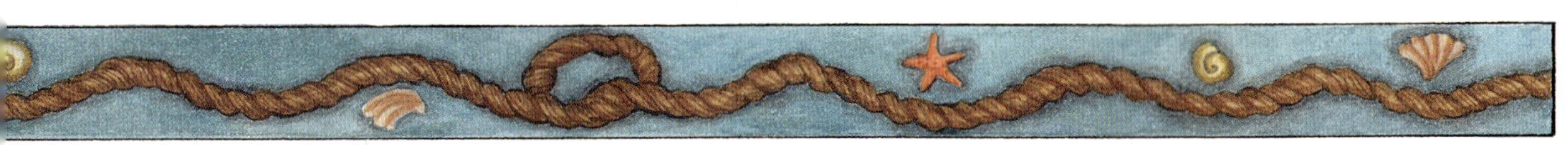

어부가 와서 배를 가져갔어요. 저녁이 되면 어부들은 남보랏빛 바다로 나아가
그물을 던졌지요. 그물을 끌어올릴 때마다 싱싱한 물고기들이 배를 가득 채웠답니다.
두 번째 나무는 실망했어요.
"너무 피곤해. 이렇게 초라한 사람들이나 태우고 다녀야 하다니."

어느 날 밤, 거센 폭풍이 불고 커다란 파도가 배를 향해 밀려왔어요.
그때였어요. 배 안에서 한 남자가 일어나 파도에게 소리쳤어요.
"파도야, 잠잠해져라. 바다야, 고요해져라."
그러자 바다는 거짓말처럼 조용해졌지요. 두 번째 나무는 깨달았어요.
지금 이 순간, 세상에서 가장 위대한 왕을 태운 배가 되었다는 걸 말이에요.

세 번째 나무는 아무렇게나 잘려 버려졌어요.

그러던 어느 날, 와글와글 떠드는 소리가 들려왔어요.

"어떤 나무라도 괜찮으니, 빨리 가지고 와!"

거친 손들이 나무를 움켜잡더니 십자가를 뚝딱뚝딱 만들었지요.

잔인한 손들이 한 남자를 십자가에 억지로 눕히고, 손과 발에 못을 박았어요.

군인들은 십자가를 똑바로 세웠지요.

십자가에 못 박힌 남자는 어둡고 쓸쓸한 언덕 꼭대기에서 죽었어요.

십자가가 된 세 번째 나무는 텅 빈 채 버려졌어요.

해가 질 때마다 언덕 위의 나무는 너무나 슬펐어요.
어두운 밤이 지나가고 아침이 찾아왔지만, 온 세상이 캄캄하게만 느껴졌어요.

눈부신 새벽이 밝아왔어요.

십자가에서 죽은 남자가 기적처럼 살아났어요.

남자를 죽게 한 십자가는 이제 '생명의 나무'가 되었지요.

세 번째 나무는 깨달았답니다.

하늘과 가장 가까운 곳에서

영원히 하나님을 바라볼 수 있는 나무가 되었다는 걸 말이에요.

　이 책을 다 옮기고 나서 홀가분한 마음에 모처럼 산행을 나섰습니다. 희끄무레 먼동이 트기 시작하는 새벽이었어요. 산으로 오르는 길가에는 밤새 내린 흰 서리로 덮인 나무들이 오소소 떨고 있었죠. 한참을 오르다 숨이 가빠 잠시 걸음을 멈췄는데, 곁에 선 나뭇가지에 팥알만 하게 맺힌 연둣빛 꽃눈에 제 눈길이 머물렀습니다.

　오, 봄을 예비하는 꽃눈!

　아직 한겨울인데 벌써 봄을 꿈꾸는 꽃눈을 보니 얼마나 신비롭던지요.

　《세 나무 이야기》는 바로 이 꽃눈처럼 멋진 꿈을 꾸는 아이들의 이야기랍니다. 세 나무들이 꾸는 꿈이 전혀 예상할 수 없게 엉뚱한 방향으로 전개되는 것을 보면서, 꿈꾸는 삶이 얼마나 신비하고 아름답게 느껴지던지요. 꿈이 이루어져가는 과정 속에서 아픔과 좌절과 절망도 겪지만, 그것은 진정한 어른이 되기 위한 성장통이겠지요.

　그런데 오늘을 살아가는 아이들은 꿈꾸기가 무척 힘듭니다. 오직 부자가 되어야 하고 성공을 해야 한다고 쉴 새 없이 주문을 외우도록 만드는 세상, 이런 세상은 천진한 아이들의 꿈을 질식시켜버리기 십상이지요. 성실한 노력을 통해 성공하는 것이 왜 꼭 나쁜 것이라 하겠습니까. 다만 획일적인 가치의 틀이 새싹 같은 아이들의 꿈을 가두고, 아이들의 파릇파릇한 상상력을 졸아들게 하는 것 같아 걱정이지요.

　이야기에는 놀라운 힘이 있다고 믿습니다. 이 짧은 전래동화 역시 그러합니다. 아이들은 동화

속에서 상상의 나래를 활짝 펼치고 더 큰 꿈을 향해 날아오를 수 있을 겁니다. 그리고 보이는 것들 너머에 계신, 보이지 않는 분의 신비로운 손길도 느낄 수 있을 것입니다. 해와 달과 별들을 움직이시는 분이 나를 진정한 보물상자로 빚어주신다는 것, 하늘과 땅과 바다의 왕인 생명의 주인을 내가 모시고 있다는 것. 이런 기쁨을 누리기 위해서는 내 꿈을 생명의 주인께 맡겨야 한다는 것도 자연스레 알게 될 것입니다.

동화는 결국 자애로운 눈길로 어린아이들을 품으셨던 예수님의 삶과 그 소중한 가르침을 은연중에 깨닫게 해줍니다. 그렇습니다. 《세 나무 이야기》에는 낮아지시고, 비우시고, 끝내는 죽으심으로써 주인의 뜻을 아름답게 이루어가는 모습이 아주 잘 드러나 있습니다. 그분이 말씀하셨던 비움, 희생, 헌신 같은 가르침도 이야기 속에 자연스레 녹아 있습니다.

군소리가 너무 길었나요. 그래요, 이쯤에서 군소리를 줄여야겠네요. 누구나 동화를 읽으면 이런 소중한 느낌에 무릎을 탁 치게 될 테니까요. 추운 겨울이지만, 이야기가 주는 온기 때문에 제 몸도 마음도 훈훈하답니다. 겨울나무에 매달린 연둣빛 꽃눈을 보고 봄을 느꼈듯이 말입니다.

이 책이 천진무구한 아이들의 잃어버린 꿈을 솔솔 살려낼 수 있다면 무엇을 더 바라겠습니까.

토지문학관 창작실에서
고 진 하

THE THREE TREES